ふしぎな
つうがくろ

水玉《みずたま》もよう

花里真希《はなざとまき》●さく　石井聖岳《いしいきよたか》●え

講談社

1　花《はな》いかだ

春《はる》です。

ひろとは、二年生《にねんせい》に　なりました。

「いって　きまーす。」

ひろとが、家《いえ》の　まえの　ほそい　道《みち》を　あるいて　いきます。

道《みち》の　先《さき》に、ふたごの　一年生《いちねんせい》、まおと　れおが　いるのが

見《み》えました。まおと　れおは、おばさんと　いっしょに、

みぞを　のぞいて　います。

「おはよう、なに　見《み》てるの？」

ひろとが、三人《さんにん》に　かけよって、みぞを　のぞきました。

「あたし、花《はな》いかだに　のりたい！

れおくんも　いっしょに　のろうよ！」

「う～ん……。」

れおは、足《あし》を　くねらせて、
なんだか　もじもじして　います。

「れお、トイレに　いきたいの？　出《で》かける　まえに
いって　きなさいって　いったのに。」

おばさんが、ためいきを　つきました。

「だって、まおちゃんが　入《はい》ってたんだもん。」

れおが、口《くち》を　とがらせます。

「しかたないわねえ。ほら、いそいで、おうちに　もどりましょう。」

おばさんは、まおと　れおの　手《て》を　ひっぱりました。

「えー、あたしもー？」

まおの　ほっぺたが、みるみる　ふくらんで　いきます。

「れおは、ひとりで　おうちの　かぎを　あけられないし、
まおも　ひとりで　しゅうごうばしょまで　いけないでしょ。」

「いけるもん！」

まおは、おばさんと　つないだ　手《て》を　ぶんぶん　ふりました。

「ぼく、先《さき》に　いっちゃうからね。」

ひろとは、あるきはじめました。ひろとが　あるけば、まおも　ついて　くると　おもったからです。

でも、まおは、しゃがみこんだ　まま　花《はな》いかだから　目《め》を　はなしません。

そんなに、おもしろいかなあ？

ひろとが、みぞを　のぞくと、いっぴきの　かえるが、花《はな》いかだに　よじのぼって　いる　ところでした。

「まおちゃん、見《み》て！　かえるが　花《はな》いかだに　のってるよ。」

「ほんと？」

まおが、ひろとの　ところに　やって　きて、

みぞに　かおを　ちかづけました。
すると、かえるが　ぴょんと　はねて、
まおの　かおに　水《みず》が　かかりました。
「ひゃあっ。」

花《はな》いかだは、おしりが　ふわふわして、しずまないかと
しんぱいでしたし、りょうがわに　たつ　コンクリートの
高《たか》い　かべも、なんだか　こわいと　おもいました。
でも、よく　見《み》て　みると、コンクリートの　かべの　上《うえ》には、
たんぽぽが　さいて　いました。ちょうちょも　ひらひらと
とびまわって　いて、とても　のんびりして　います。
ひろとが、ちょうちょに　見《み》とれて　いると、まおが、

「ひろくん、見《み》て！」

と、ゆく先《さき》を　ゆびさしました。

いけがきの　えだが、みぞに　おおいかぶさって　トンネルのように
なって　います。その　先《さき》は、くらくて　よく　見《み》えません。

ひろとには、トンネルが、だんだんと、かいぶつの　口《くち》のように見《み》えて　きました。

「ねえ、ひろくん。あたし、もう、お花《はな》の　いかだから　おりたい。」

まおが　いいました。ひろとも　そう　おもいました。

でも、おりかたが　わかりません。

ひろとたちの　先《さき》を　ながれる　花《はな》いかだが、かいぶつの大《おお》きな　黒《くろ》い　口《くち》の　中《なか》に　どんどん　のみこまれて　いきます。

なんとか　しないと。
ひろとが、あたりを　見《み》まわすと、コンクリートと　コンクリートの
すきまから　生《は》えて　いる　草《くさ》に　目《め》が　とまりました。
あの　草《くさ》を　つたえば、コンクリートの　かべを　のぼって
いけそうです。
「ぼく、先《さき》に　花《はな》いかだを　おりて、あとから　まおちゃんを
たすけに　くるよ。」

「やだっ、ひろくん、おいてかないで。」

「すぐ　もどって　くるから、すわって　まってて。」

ひろとは、花《はな》いかだの　上《うえ》に　立《た》ちあがると、えいっと　草《くさ》に
とびつきました。

それから、ひろとは、草《くさ》を　つたって　コンクリートの　かべを
のぼりました。

どうにか　みぞの　上《うえ》に　たどりついた　とき、ひろとの　体《からだ》は、
ひゅるひゅるっと、もとの　大《おお》きさに　もどりました。

「ひろくーん！」

みぞから、まおの　こえが　きこえます。

ひろとは、いそいで　まおの　のった　花《はな》いかだを　おいかけました。

花《はな》いかだに　おいつくと、ひろとは、ぼうしを　金魚《きんぎょ》すくいの
ポイのように　して、まおを　花《はな》びらごと　すくいあげました。
そして、ぼうしを　アスファルトの　上《うえ》に　ゆっくり
ひっくりかえしたら、まおが　ひゅるひゅるっと　あらわれました。
もちろん、もとの　大《おお》きさに　もどって　います。

「ああ、よかった。まおちゃん、だいじょうぶ？」

「うん、へいき。」

そこへ、れおと　おばさんが　やって　きました。

「ふたりとも、まだ　しゅうごうばしょに　いってなかったの？

まお、ひろくんの　いう　こと　きかなかったんでしょ？」

「きいたよ。ちゃんと　お花《はな》の　いかだの　上《うえ》で　まってたもん。

でも、おしりが　ちょっと　ぬれちゃった。」

「あら、ほんと。じゃあ、家《いえ》に　もどって　きがえて　こなくちゃ。

ひろくん、れおと　いっしょに　先《さき》に　いって　くれる？」

2　水玉《みずたま》もよう

朝《あさ》、ひろとが、げんかんで　くつを　はいて　いたら、おかあさんが、

「かさを　もって　いきなさい。」

と　いいました。

「雨《あめ》、ふってないよ。」

「今《いま》はね。でも、つゆなんだから、また　すぐ　ふるわ。」

ひろとは、はあ――っと　長《なが》い　ためいきを　つきました。

おじいちゃんの　はたけに、雨《あめ》が　ふらないと
こまると　いう　ことは、しって　います。でも、こんなに　まいにち、
まいにち、ふらなくても　いいと　おもいます。

ひろとは、かさを　ひきずって、家《いえ》の　まえの　ほそい　道《みち》を
あるいて　いきました。

「ひろくーん。」

うしろから、まおと　れおが、はしって　きました。

まおは、かさを　さして　います。

「おはよう。まおちゃん、雨《あめ》、ふってないよ。」

「うん、しってる。」

「じゃあ、どうして　かさを　さしてるの？」

ひろとが　きくと、まおは、赤《あか》い　水玉《みずたま》もようの　ついた
しんぴんの　かさを　くるくる　まわして　いいました。

「だって、かって　もらったばかりだもん。みんなに
見《み》て　もらいたいでしょ。」

きのう、こわれた　まおの　かさも、水玉《みずたま》もようでした。今《いま》、まおが

はいて　いる　青《あお》い　長《なが》ぐつにも　白《しろ》の　水玉《みずたま》が　ついて　います。
「まおちゃん、水玉《みずたま》もようが　すきなの？」
ひろとが、まおに　きくと、まおは、うん、
と　うなずきました。
「あたし、水玉《みずたま》もよう、大《だい》すき。ぜーんぶ
水玉《みずたま》もようだったら　いいのにね。」

それから、まおは、空《そら》に　むかって、

「お空《そら》の　かみさまー！　あたしが　さわった　ものを
なんでも　水玉《みずたま》もように　して　くださーい！」

と　大《おお》きな　こえで　いいました。

「そんなの　いやだよ。」

れおが、口《くち》を　への　字《じ》に　まげます。

「ならないから　だいじょうぶだよ。」

ひろとが、そう　いうと、まおは、

「わかんないよー、ほらっ！」

と　いって、ひろとの　もって　いた
かさを　人《ひと》さしゆびで　ちょんと　さわりました。

その　とたん、ひろとの　黒《くろ》い　かさに、
白《しろ》の　水玉《みずたま》もようが　うかんで　きました。
ひろとは、びっくりしました。
れおも、びっくりして　います。
でも、いちばん　びっくりしたのは、
まおでした。
「あたし、まほうつかいに　なっちゃった！」
まおは、とびはねて、目《め》に　つく　ものに
つぎつぎと　さわって　いきました。
あじさいの　はっぱを　とん、と　さわると、
きいろの　水玉《みずたま》が　うかんで　きました。

かたつむりの　からを　ちょん、と　つつけば、
白《しろ》の　水玉《みずたま》が　うかんで　きました。
かえるの　せなかを　そっと　なでたら、
ピンクの　水玉《みずたま》が　うかんで　きました。
「まおちゃん、ほんとに　まほうつかいに　なっちゃったね。」
ひろとが、れおに　いいました。
「うん、たいへんだ。」

れおが、こまった　かおで　まおを　見《み》て　いたら、
まおが、れおの　ぼうしに　手《て》を　のばして　きました。

「やめて！」

れおは、手《て》で　ぼうしを　ぐっと　おさえると、
まおから　はしって　にげました。

「水玉《みずたま》もようの　ほうが　かわいいよ！」

まおが、れおを　おいかけます。

「まおちゃん、れおくんが、いやがってるよ。」

ひろとが、まおに　いいました。

でも、まおは、やめません。だって、こんなに　おもしろいのです。

まおは、れおを　おいかけながら、あちこち　さわって　いきました。

うえきばちを　とん。
でんしんばしらを　てん。
とまれの　ひょうしきを　たん。
まおに　さわられた　ものは、ぜんぶ
水玉《みずたま》もように　かわって　しまいました。

お寺《てら》の　まえの　しゅうごうばしょで、六年生《ろくねんせい》の　けいたと
五年生《ごねんせい》の　みはるが、おしゃべりして　いました。
そこへ、れおが　はしって　きました。
「おはよう、れおくん。」
みはるが　あいさつしたのに、れおは、

けいたの　うしろに　かくれて　しまいました。

「まてー！」

こんどは、まおが　はしって　きました。

「まおちゃーん！」

ひろとが、まおを　おいかけて　きます。

「おはよう、まおちゃん。なんで　れおくんを　おいかけてるの？」

けいたが、まおに　ききました。

すると、れおが　けいたの　うしろから　かおを　出《だ》して、

「まおちゃんが、まほうで　ぼくの　ぼうしを　水玉《みずたま》もように　かえようと　するんだ。」

と　いいました。

「そんな　こと、できるの？」

けいたが、目《め》を　まるく　して　ききました。

「できる　わけ　ないじゃん。」

みはるが、ちょっと　いじわるそうに　まおを　見《み》ました。

「できるよ！　ほらっ。」

まおが、お寺《てら》の　門《もん》を　ぽんと　さわると、
門《もん》は　水玉《みずたま》もように　かわりました。

けいたと　みはるは、びっくりして、口《くち》を　あんぐりさせました。

「おはよう。なに　やってるの？」

四年生《よねんせい》の　じゅんやが　やって　きました。

「じゅんやくん、おはよう。あのね、こう　やって　あたしが

さわったら、なんでも　水玉《みずたま》もように　なっちゃうんだよ。」
そう　いって、まおは　じゅんやの　手《て》さげかばんを
さわろうと　しました。
「ちょっと、やめてよ。」
じゅんやが、まおの　手《て》を　はらいのけます。
その　とき、まおは　じゅんやの　手《て》に　さわって　しまいました。
じゅんやの　手《て》に　むらさきの　水玉《みずたま》もようが　うかんで　きます。

「えっ、ぼく、こんなの、いやだよ。早《はや》く　もとに　もどして！」

じゅんやは、水玉《みずたま》もように　なった　手《て》を　まおの　まえに
つきだしました。

でも、まおは、水玉《みずたま》もようの　とりかたを　しりません。

「お寺《てら》の　門《もん》だって、この　ままじゃ、
じゅうしょくさんに　おこられちゃうよ。」

みはるが、こわい　かおで　いいます。

「どう　しよう……。」

まおが、手《て》で　口《くち》を　おさえました。

すると、まおの　かおが……。

「あーっ！　まおちゃん、水玉《みずたま》もように　なってる！」

れおが、大《おお》きな　こえで　いいました。

「ええっ？」

まおは、あわてて　かおを　こすりました。

「どう？　とれた？」

「ううん、ふえた。」

れおに　そう　いわれて、まおは、なきそうに　なりました。

その　とき、まおの　はなの　あたまに　しずくが　ぽつんと　おちました。

雨《あめ》が　ふって　きたのです。

「あ、水玉《みずたま》が　ながれてく。」
ひろとが、まおの　はなの　あたまを　見《み》て　いいました。
まおは、門《もん》を　見《み》ました。そこに　あった　水玉《みずたま》もようも、
雨《あめ》に　あたった　ところから　きえて　いきます。
まおが、かさを　ほうりだして、かおに　雨《あめ》を　あてました。
みんなは、息《いき》を　とめて、その　ようすを　見《み》て　いました。
しばらく　して、れおが、
「まおちゃんの　かお、もとに　もどったよ。」
と　いうと、まおは、ほっとして、ハンカチで　かおを　ふきました。
「まおちゃん、もう　なんでもかんでも　水玉《みずたま》もように　するのは
やめてね。」

じゅんやが　ぬれた　手《て》を　シャツで　ふきながら　いいました。
まおは、こくんと　うなずくと、
「お空《そら》の　かみさまー、もう　あたしが　さわっても　水玉《みずたま》もように
しないでねー！」
と、空《そら》に　むかって　さけびました。

3　さつまいも

けさ、ひろとは、ねぼうしました。しゅうごうじかんに
おくれそうです。
そこで、ひろとは、おじいちゃんの　はたけを　とおる　ことに
しました。近道《ちかみち》を　するのです。
おじいちゃんの　はたけには、いろんな　やさいが
うえて　ありました。
その　中《なか》で、いちばん　たくさん　うえて　あるのは
さつまいもでした。さつまいもが　大《だい》すきな　ひろとの　ために、
おじいちゃんが、たくさん　うえて　くれたのでした。

ひろとは、たべるだけでは　なくて、いもほりも　すきでした。
土《つち》の　中《なか》に　かくれて　いる　さつまいもを　ほりだすのは、たからさがしみたいですし、つるを　ひっぱるのは　つなひきみたいで　おもしろいのです。

もしかしたら、もう　いもほりが　できる　ころかも　しれません。
ひろとは、さつまいもの　うわって　いる　ところまで
いって　みました。
さつまいもの　はっぱが　おいしげって　いて、
まるで　海《うみ》のようです。
ひろとは、ランドセルを　おろして、はっぱを　めくりました。
それから、手《て》で　土《つち》を　ほって　いくと、ほそくて　小《ちい》さな
さつまいもが、ひとつ　出《で》て　きました。
「なーんだ。まだ、こんなに　小《ちい》さいのか。」
さつまいもの　しゅうかくは、もう　すこし　先《さき》のようです。
ひろとは、さつまいもに　土《つち》を　かぶせました。

「おーい、ひろくーん！」
おもてどおりで、じゅんやが　よんで　います。
「あ、そうだった。」
ひろとは、しゅうごうじかんに　おくれそうだった　ことを
おもいだしました。
「今《いま》、いくー！」
ひろとは、じゅんやに　手《て》を　ふると、ランドセルを　つかもうと
しました。ところが、すぐ　そばに　おいた　はずの
ランドセルが　ありません。

ひろとが、ランドセルを　さがして　いたら、風《かぜ》も　ないのに
さつまいもの　はっぱが　ざわざわと　ゆれました。
「あ、ぼくの　ランドセル！」
さつまいもの　つるが、ひろとの　ランドセルに　からまって、
はたけの　まん中《なか》の　ほうへ　ひきずって　いきます。
ひろとは、はしって　ランドセルを　おいかけました。
そして、ランドセルに　おいつくと、からまって　いる　つるを
とろうと　しました。でも、つるは、がっちりと　ランドセルに
からみついて　いて、なかなか　とる　ことが　できません。
ひろとは、つるを　ひっぱりました。ひっぱったら、つるが
ブチッと　ちぎれると　おもったのです。けれども、つるは、

おもったよりも　がんじょうで、ちぎれる　ようすは　ありません。
ひろとが、ランドセルに　からんだ　つるを　ぐっと　ひっぱると、
つるも　ぐっと　ひっぱりかえして　きます。

「ひろくん、なに　やってるの？　もう　しゅっぱつするよ。」
いつまで　たっても　ひろとが　やって　こないので、じゅんやが
よびに　きました。
「つるが、ランドセルを　もって　いっちゃうんだ。じゅんやくんも
手《て》つだって。」
「うん。」
じゅんやは、つるを　つかむと、ひろとと　いっしょに
ひっぱりました。
ひろとと　じゅんやで　ぐぐっと　ひっぱると、つるも　ぐぐっと
ひっぱりかえして　きます。もう　いちど、ぐぐぐっと　ひっぱると、
やっぱり　つるも　ぐぐぐっと　ひっぱりかえして　きます。

郵 便 は が き

料金受取人払郵便

小石川局承認

1159

差出有効期間
2026年 6 月30
日まで
（切手不要）

1 1 2-8 7 3 1

東京都文京区音羽二丁目
十二番二十一号

講談社
児童図書編集 行

愛読者カード	今後の出版企画の参考にいたしたく存じます。ご記入の上ご投函くださいますようお願いいたします。

お名前

ご購入された書店名

電話番号

メールアドレス

お答えを小社の広告等に用いさせていただいてよろしいでしょうか？
いずれかに○をつけてください。　〈 YES　NO　匿名なら YES〉

TY 000049-2405

この本の書名を
お書きください。

あなたの年齢　　歳（小学校　年生　中学校　年生 / 高校　年生　大学　年生）

●この本をお買いになったのは、どなたですか？

1. 本人　2. 父母　3. 祖父母　4. その他（　　　　）

●この本をどこで購入されましたか？

1. 書店　2. amazon などのネット書店

●この本をお求めになったきっかけは？（いくつでも結構です）

1. 書店で実物を見て　2. 友人・知人からすすめられて
3. 図書館や学校で借りて気に入って　4. 新聞・雑誌・テレビの紹介
5. SNS での紹介記事を見て　6. ウェブサイトでの告知を見て
7. カバーのイラストや絵が好きだから　8. 作者やシリーズのファンだから
9. 著名人がすすめたから　10. その他（　　　　）

●電子書籍を購入・利用することはありますか？

1. ひんぱんに購入する　2. 数回購入したことがある
3. ほとんど購入しない　4. ネットでの読み放題で電子書籍を読んだことがある

●最近おもしろかった本・まんが・ゲーム・映画・ドラマがあれば、教えてください。

★この本の感想や作者へのメッセージなどをお願いいたします。

しばらく、ひっぱりあって　いたら、ひろとと　じゅんやは、
つかれて　しまいました。つるが　ぐぐぐっと　ひっぱっても、
もう、ぐっとしか　ひっぱれません。
ひろとと　じゅんやは、ランドセルと　いっしょに、
はたけの　まん中《なか》の　ほうに　ひきずられて　いきました。

はたけの　まん中《なか》には、なにが　あるのでしょうか。
うらしまたろうに　出《で》て　くる　りゅうぐうじょうのように、さつまいもじょうが、あるのかも　しれません。そこでは、おいしい　おいもを　いっぱい　たべられますが、ほかの　ものもたべたいからと、さつまいもじょうから　もどって　きたら、ひろとと　じゅんやは　おじいさんに　なって　しまうのかも……。
そんな　ことは、こまります。
「けいたくーん！」
ひろとが、おもてどおりに　いる　けいたを　よぶと、けいたは、すぐに　はたけに　きて　くれました。
「なに　やってるの？」

「ランドセルを　とりかえしてるの。」

「けいたくんも、ひっぱって。」

けいたは、「わかった。」と　いって、つるを　つかみました。

六年生《ろくねんせい》の　けいたは、体《からだ》が　大《おお》きくて、力《ちから》もちです。

ひろとは、けいたが　きて　くれたから、もう　だいじょうぶだと
おもいました。

でも、つるの　ほうも、けいたと　おなじくらい　力《ちから》もちでした。
けいたが　ぐぐぐぐっと　ひっぱると、つるも　おなじように、
ぐぐぐぐっと　ひっぱりかえして　きます。
なにか　やってるぞ、と　まおと　れおも　はたけに　やって
きました。
「まおちゃんと　れおくんも　いっしょに　ひっぱって。」
「うん。」
「はーい。」
まおと　れおは、ひろとに　いわれた　とおり、
つるを　つかんで　ひっぱりました。
みはるも　はたけに　やって　きました。

「つなひき？　それなら、タイミングを　あわせないと。」

みはるは、つるを　つかんで　お手本《てほん》を　見《み》せました。

「『いち、に、さーん』の、『さーん』で　ひっぱるの。

ひっぱる　ときは、こう　やって、
空《そら》を　見《み》るように　体《からだ》を　うしろに　たおすんだよ。」

それから、みはるは、「せーのっ！」と　かけごえを　かけました。

「いち、に、さーん。いち、に、さーん。いち、に、さーん。」

みんなで、こえを　あわせて、つるを　ひっぱります。すると、
ひろとたちは、ずっ、ずっと、うしろに　さがりはじめました。

あと　すこしで、さつまいもの　はっぱの　海《うみ》から
出《で》られると　いう　ときでした。

ブチッ！

さつまいもの　つるが　きれて、みんなが、はたけに
ひっくりかえりました。

「わーっ！」

「きゃーっ！」

「あはははっ！」
なんだか　とても　おかしくって、みんなで　大《おお》わらいしました。
真《ま》っ青《さお》な　空《そら》に、いわしぐもが　うかんで　いました。

ひとしきり　わらった　あと、けいたが、
「あ、学校《がっこう》に　いかないと！」
と　いって、あわてて　おきあがりました。
「そうだった、そうだった。」
みんなも　おきあがって、土《つち》を　はらいながら、おもてどおりに
はしって　いきました。
ひろとは、じゅんやに　手《て》つだって　もらって、ランドセルに
からまった　つるを　はずしました。
「さつまいもは、よっぽど　ひろくんの　ランドセルが
ほしかったんだね。」
じゅんやが、いいました。

でも、ひろとは、さつまいもは、つなひきが
したかったんじゃ　ないかな、と　おもいました。
「さつまいもが　大《おお》きくなった　ころに、また　みんなで
くるからね。」
ひろとは、ランドセルを　せおって、おもてどおりに　はしりました。

4 もみの 木《き》

二学期《にがっき》　さいごの　日《ひ》の　朝《あさ》の　ことです。
ひろとが、げんかんを　出《で》ると、つめたい　風《かぜ》が　びゅっと
ふきつけて　きました。
「あっ。」
ひろとが、ぼうしを　おさえるよりも
早《はや》く、風《かぜ》が　ぼうしを　ふきとばしました。
ぼうしは、家《いえ》の　まえの　ほそい　道《みち》を
ころがって　いきます。
「まてー。」

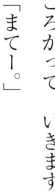

ひろとが、ぼうしを　おいかけます。
でも、ぼうしは、ひろとを　まって　くれません。
ぼうしは、ころころ　ころがって、
みぞに　おちて　しまいました。
「あーあ。」
ひろとは、ぼうしが　水《みず》に　ぬれて　べたべたに　なったと
おもいました。
ところが、みぞを　のぞいて　みると、ぼうしは　ぬれて
いませんでした。水《みず》が　なかったからです。

その　かわりに、黒《くろ》い　ねこが　いました。

「はまっちゃって　出《で》られないの？」

ひろとは、ねこを　だきあげようと　しました。でも、ねこが、シャーッと　きばを　むいたので、あわてて　手《て》を　ひっこめました。

「だいじょうぶなら　いいんだけど。風《かぜ》に　とばされないように　してるの？」

ひろとは、あきらめずに　ねこに　はなしかけました。でも、ねこは　そっぽを　むいた　ままです。

「おはよう、ひろくん。」

「なに　してるの？」

まおと　れおが　やって　きました。

「おはよう。ねこが　いるんだ。」

ひろとが、そう　いうと、ふたりは　みぞを
のぞきこみました。

「あ、ほんとだ。」

「のらねこ？」

「まいごかも　しれないよ。」

その　とき、また　つよい　風《かぜ》が　ふいて　きて、
こんどは　れおの　ぼうしを　とばしました。

「ぼくの　ぼうし！」

れおが　ぼうしを　おいかけます。まおも　いっしょに
おいかけます。
ひろとは　じぶんの　ぼうしを　ひろって、それから　ふたりを
おいかけました。
れおの　ぼうしは、ころがりつづけ、お寺《てら》の　けいだいまで
いきました。
けいだいには、けいたと　じゅんやが　いました。
「ぼくの　ぼうし、つかまえて！」
れおが、けいたと　じゅんやに　いいました。
でも、その　とき、風《かぜ》が　下《した》から　ふきあげて　きて、れおの
ぼうしは、けいだいの　大《おお》きな　もみの　木《き》の　えだに　ひっかかって

しまいました。
ひろとは、もみの　木《き》を　見《み》あげて、口《くち》を　ぽかんと　あけました。
れおの　ぼうしの　ほかにも、いろんな　ものが　ひっかかって
いたからです。

ピンクの　手《て》ぶくろや、青《あお》い　マフラー、きいろの　ハンカチに、
サッカーボール……。
「風《かぜ》が　なんでも　ふきとばして、ぜんぶ　あの　木《き》に
くっつけちゃうんだ。」
けいたが、ひろとに　いいました。
「ぼくの　マフラーも　あそこに　ひっかかってる。」
じゅんやが　マフラーを　ゆびさします。
大《おお》きな　木《き》は　ほかにも　あるのに、そっちには、
ごみも　ひっかかって　いません。
なんでかな?
ひろとが　くびを　かしげて　いたら、「まてー!」と　みはるが

はしって　きました。みはるは、かさを　おいかけて　います。

みはるの　かさが　けいだいに　入《はい》ると、また　風《かぜ》が　下《した》から
ふきあげて　きて、みはるの　かさは、もみの　木《き》の　てっぺんに
ひっかかって　しまいました。

「なに、これ。クリスマスツリーみたい。」

みはるは、いろんな　ものが　ひっかかって　いる　もみの　木《き》を
見《み》て　いいました。

「あっ、そうか！」

ひろとは、ぱちんと　手《て》を　たたきました。

「きっと、この　木《き》は、クリスマスツリーに　なりたいんだ。」

ひろとが、そう　いうと、みはるが、「どういう　こと？」と、

ひろとを　見《み》ました。

「きのう、お寺《てら》の　ほんどうで　クリスマス会《かい》を　やったでしょ？」

「うん、やったね。お寺《てら》で　クリスマス会《かい》って、ちょっと　へんだったけど。」

みはるが、くすっと　わらいます。

「その　とき、この　木《き》が　クリスマスツリーを　見《み》て、『ぼくも　あんな　ふうに　なりたいな。』って、おもったんじゃ　ない？」

「木《き》が　そんな　ふうに　おもうかなあ？」

じゅんやは　ふしぎそうに　もみの　木《き》を　見《み》あげました。

「だって、ほかの　木《き》には、なにも　ひっかかって　ないんだよ。」

ひろとが、となりに　たって　いる　しいの　木《き》を　ゆびさすと、

まおが、

「ほんとだ。」

と　いいました。

「じゃあ、風《かぜ》も　なかまなの？」

れおが、ひろとに　ききました。

「木《き》が　風《かぜ》に　おねがいして、かざりを　つけて　もらったのかも
しれないよ。」

「そんなに　クリスマスが　すきなら、　クリスマスソングを
うたって　あげようよ。」
そう　いって、れおが、ジングルベルを　うたいはじめました。
みんなも　いっしょに　うたいました。でも、みはるだけは、
「やっぱり　お寺《てら》で　クリスマスって、へん！」と　いって、
うたいませんでした。

みんなで　ジングルベルを　うたって　いたら、
やさしい　風《かぜ》が　ふいて　きました。
もみの　木《き》は、ジングルベルの　リズムに　あわせて
ゆれて　いるように　見《み》えました。

うたいおわると、れおが、

「ねえ、もう、いいでしょ？　ぼくの　ぼうし　かえしてー！」

と　もみの　木《き》に　むかって　いいました。

すると、こんどは、つよい　風《かぜ》が、びゅうっと　ふきました。

もみの　木《き》が、大《おお》きく　ゆれて、れおの　ぼうしや、じゅんやの
マフラーが　おちて　きました。でも、みはるの　かさだけは、
木《き》の　てっぺんに　ひっかかった　ままです。

それなのに、風《かぜ》は、ぴたっと　やんで　しまいました。

「えー、わたしの　かさはー？」

みはるが、もみの　木《き》に　ききました。

「みはるちゃん、ジングルベルを　うたわなかったからね。」

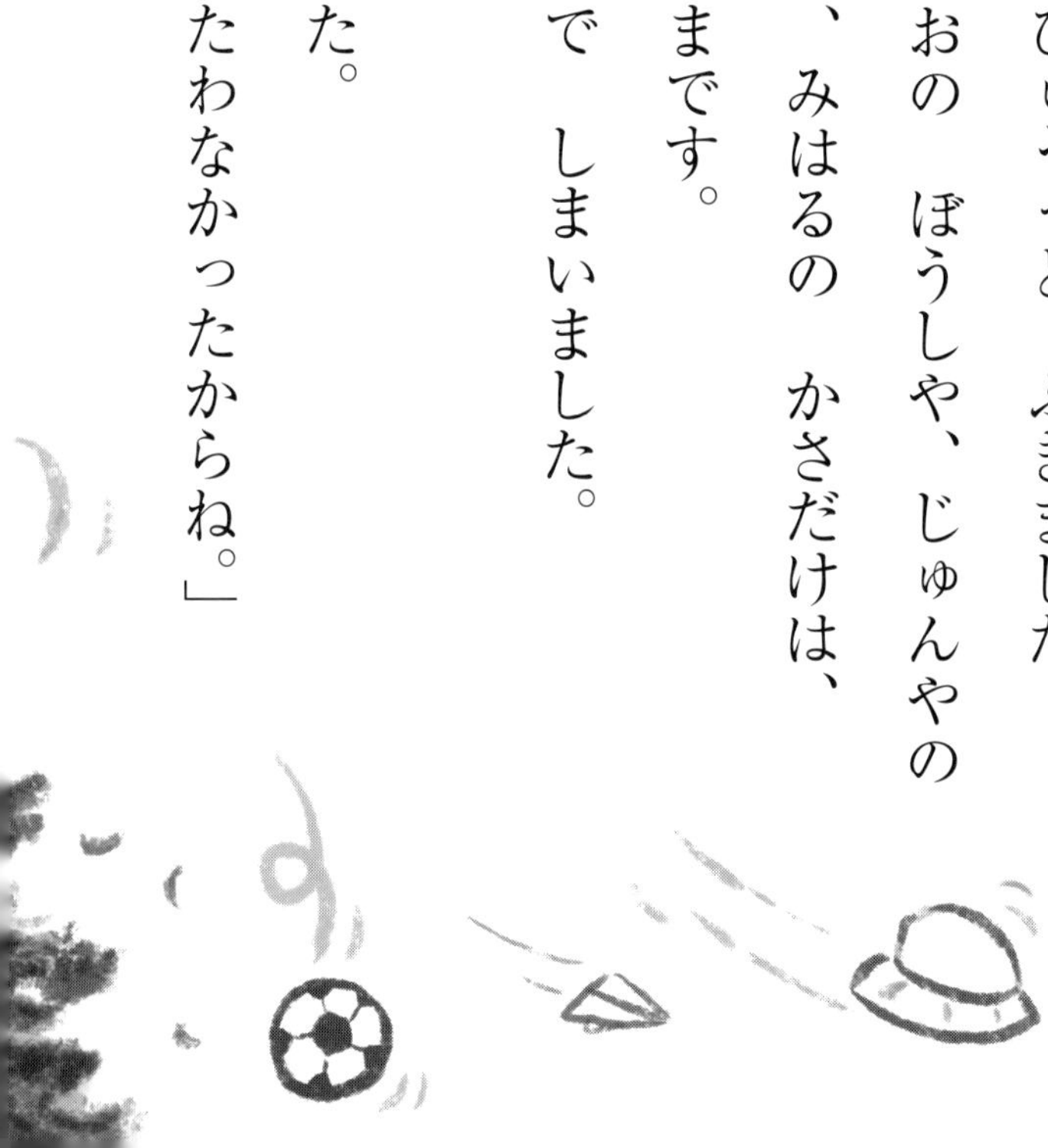

まおが、みはるに　いいました。

「かんけいないよ。かさの　ほねが　えだに
ひっかかってるだけなんだから。」

どういう　わけに　しても、おちて　こない　ものは、とりに
いくしか　ありません。

「わたし、じゅうしょくさんに　はしごを　かりて　くる。」

みはるは、はしって　じゅうしょくの　ところへ　いきました。

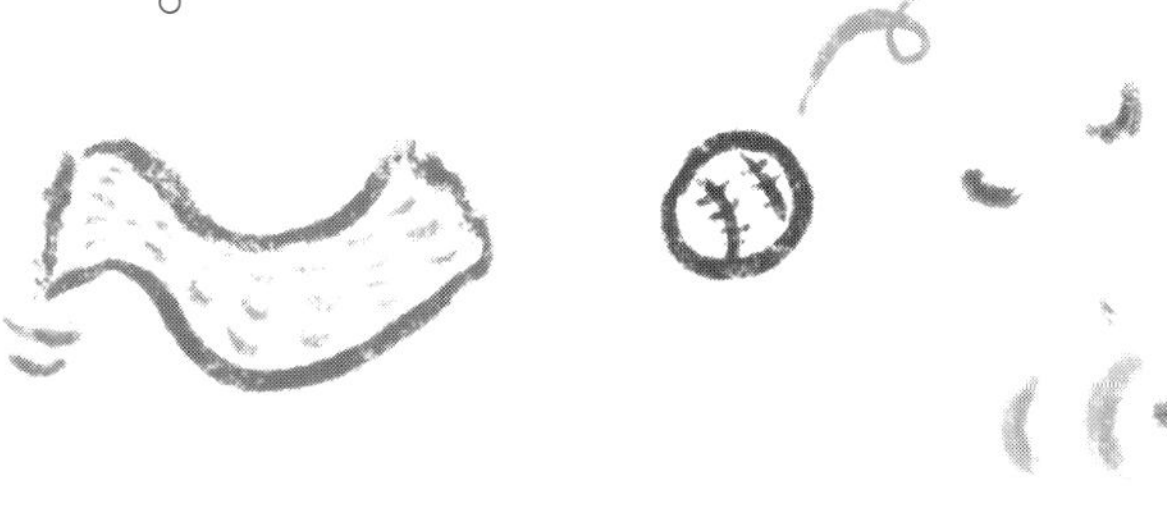

そこへ、黒《くろ》い　ねこが　やって　きました。

「あ、さっきの　ねこだ。風《かぜ》が　やんだから　出《で》て　きたの？」

ひろとは、ねこに　はなしかけました。

でも、ねこは、やっぱり　ひろとの　ことなんて　しらんぷり。

ねこは　もみの　木《き》の　みきに　ぴょんと　とびつき、その　まま
てっぺんまで　のぼって　いって　しまいました。

「あんなに　高《たか》い　ところに　のぼっちゃって、おりられるかなあ。」

ひろとが、しんぱいして　見《み》て　いたら、ねこは、まえ足《あし》で
ちょいちょいと　かさを　つつきはじめました。

「あっ、あの　ねこ、かさを　とろうと　してるんだ。」

けいたが　いいました。

「とれるかなあ？」
「がんばれー！」
みんなで、木《き》の　下《した》から　ねこを　おうえんして　いると、
ねこが　ぴょんと　かさに　とびつきました。
ボキッ！
えだが　おれる　音《おと》が　しました。
えだが　おれたら、かさは　はずれるかも　しれません。
でも、それでは、かさと　いっしょに　ねこも　おちて　しまいます。
ねこが　おちて　きたら、うけとめようと、けいたが、もみの　木《き》の
下《した》に　はしりました。
バキッバキッ！

さっきより、大《おお》きな　音《おと》が　して、かさが　木《き》から
はずれました。ねこは、かさの　もちての　ところに、
りょうほうの　まえ足《あし》を　ひっかけた　ままです。
けいたは、いつでも　ねこを　うけとめられるように、
ひざを　まげて　かまえました。

ところが、ねこは、なかなか　おちて　きません。
ねこは、かさを　パラシュートのように　して、ふわりふわりと
空中《くうちゅう》を　ただよって　いたのです。
じめんが　ちかづいて　くると、ねこは、かさから　まえ足《あし》を　はな
し、すたっと　みんなの　まえに　おりたちました。
「すごーい！」
「よかったー！」
みんなは、手《て》を　たたいて　ねこを　むかえました。
そこへ、みはると　じゅうしょくが　はしごを　もって
やって　きました。

「あれ？　かさ、おちて　きたの？」

「うん、この　ねこが　とって　くれた。」

ひろとが、みはるに　いいました。

「そうなんだ。ありがとう。」

みはるが　ねこに　かけよります。でも、ねこは、
シャーッと　きばを　むきました。

「かわいく　なーい。」

みはるは、べえっと　したを　出《だ》しました。

「あいそは　ないが、かしこそうな　ねこじゃ　ないか。

かさを　とって　くれた　おれいに　なにか
ごちそうしようね。ついて　おいで。」

じゅうしょくは、そう　いって、はしごを　かついで、
家《いえ》に　もどって　いきました。
ねこは、まるで　人間《にんげん》の　ことばが　わかって　いるみたいに、
じゅうしょくの　あとに　ついて　いきました。
それから、その　ねこは、シャーと　いう　名《な》まえを
つけて　もらって、お寺《てら》の　ねこに　なりました。

三月《さんがつ》、さくらの　花《はな》が、ちらほらと　さきはじめました。
もう　すぐ、けいたは　そつぎょうします。
けいたが　いなく　なれば、さつまいもとの　つなひきに
まけるかも　しれません。空《そら》から　なにかが　とんで　きても、
うけとめられないと　おもいます。
ひろとは、つなひきや　とんで　くる　ものを　うけとめる
れんしゅうを　しないと　いけないなあ、と　おもいました。
れんしゅうを　したら、ひろとでも、つるを　ぐぐぐぐっと
ひっぱったり、とんで　くる　ものを　うけとめたり　できるように
なるかも　しれません。
できない　ことが、できるように　なると　いう　ことは、

うれしい　ことです。
でも、けいたが　中学生《ちゅうがくせい》に　なっても、ときどき、ひろとたちの
ところに　あそびに　きて　くれたら、それが　いちばん
うれしいなあ、と　おもいます。